KB215217

노을빛으로 흐르다

김성순 제9시집

시인의 말

노년이 되면서
생활은 단조롭고 평안한데
생각은 깊어진다.
세월이 아까워
하루하루가 의미 있고 싶은데
생각일 뿐이다.
그런 생각들을 모아
아홉 번째 시집을
엮어 보았다.
꼭 마음에 드는 한 권이면
족한데 그게 어려워
자꾸 쓰나 보다.
나의 세월은 저만치
노을빛으로
흐르고 있는데.

노을빛이 짙어가는 서재 창가에서

김성순

차례

2부   땅 보고 하늘 보고

3부 노을빛 언덕에 앉아

1부

걸으며 생각하며

햇살 한 줌에
알뜰한 몸짓으로
기어코
노란 설렘
꽃 한 송이 피워내는
장한 민들레

정원길

우리 아파트 정원길은 꼬불 꼬불 예술이다
천국을 닮은 꽃밭을 걷다 보면
어느새 나도 꽃이 된다
꽃 이름 공부하며 걷는 서당길
외진 꽃도 찾아보라는 뒤안길
벤치에 쉬었다 가라는 주막길
평상에 이야기 널어놓고 가라는 사랑방 길

창조의 섭리
오묘한 빛의 조화를 읽으며
꽃을 좋아하는 소처럼 어슬렁
똑같은 길을
퍼즐처럼 걷는다
고목이라고 해서 꼭
늙은 꽃이 피는 게 아님을 확인하며
오늘도 꼬불꼬불
정원길에서
보석을 줍고 있다

민들레

운명을 사랑하는
착한 민들레
노란 꿈 꼬옥 쥐고
작은 날갯짓
부딪치고 흔들리며
온몸으로 산다

계단 길 틈새
후미진 벼랑
세상 원망하지 않고
바람처럼 살다가
있는 자리 지켜
햇살 한 줌에
알뜰한 몸짓으로
기어코
노란 설렘
꽃 한 송이 피워내는
장한 민들레

매화

양지 녘 햇살 한 줌 안고
겨울을 밀어내고 있다
성급하게 뛰어온 게 아니라
여름에 준비하고
가을에 생각하고
겨울에 인내하며
인고의 세월
세상 이치를
향기로 소곤대며 온다
뽐내지 않고
환호하지 않고
창조하신 이의 숨소리로
감사하며 온다

겨울을 밀어내는 힘
지친 사람 일으켜 주고
외로운 이 달래주는
그 힘은 어디서 오는 걸까
매화는 봄이어서 피는 게 아니라
매화가 피어서 봄이 오나 보다
매화 앞에 서면
지구의 움직이는 소리가 들린다

눈 속에
아름다운 절제로 손짓하는
매화를 사랑할 수 있는 사람은
행복한 사람이다
겨울이 있어
봄이 있음의 이치를
매화에서 배운다

고목

나무는 묘목보다
고목이 더 아름다운데
사람은 왜
늙으면 추해질까
나무는 비바람에
등이 휘어지고
세월에 발이 벗겨져도
여전히 잎은 푸르고
꽃은 아름다운데
사람은 왜
늙으면서 고개 숙이며
주저앉고 싶을까

몸 따라
마음이 늙고
마음 따라
영혼이 늙으면
모든 것을 잃는 것
석양빛 속에
몸은 늙어도
내 마음
내 영혼은 고목처럼

하늘 향해 꿈꾸는
푸른 노년이고 싶은데

해바라기

해바라기밭에
해바라기
닮은 아기
해바라기처럼
웃는다
사진 찍는
엄마도 웃고
지나가던
나도 웃고
해바라기밭에
웃음꽃이
피었다
해바라기처럼
살라며
해님도
웃는다

고라니

눈보라 치던 날
오솔길에서 마주친
새끼 고라니
나약하게 태어나
겁이 많은 너
어미는 어디 두고
인기척 피해
벼랑길을 혼자 헤매고 있을까
아침은 먹었는지
어디서 사는지
우린 서로 멈칫
신뢰하고 싶었지
무언가 호소하고 싶은
그리고 나도 알 것 같은
너의 눈빛
쫓기며 살아가는 너의 눈물
나도 슬프구나
네가 행복해야
나도 살 수 있는데
그걸 모르는 인간들
우리 함께 사는 방법 없을까

돌처럼

산모퉁이
하르방처럼 생긴 돌이
어제도 웃더니
오늘도 웃고 있네
비 맞으며 웃고
바람에 웃고
외로워도 웃고
꼬집어도 웃고
무거운 돌이
가볍게 웃고 있네
모자란 사람 같기도 하고
도통한 사람 같기도 하고
한번 웃더니 평생 웃으며
나보고도
기웃대지 말고
웃으며 살라 하네
나는 지금 돌한테
웃음을
배우고 있네

봄처럼

창문 앞에
봄이 기웃
손짓하길래
따라가 보니
매화꽃이 벙긋
무겁고 긴
겨울을 인내한
입술을 불쑥
내밀고 있네

감동하고 싶은
나의 어깨 툭 치며
봄이 하는 말
'봄처럼 살아야 해'
고통은 기회이고
산다는 것은
기다리는 것이니
늙어갈수록
꿈꾸며 살라 하네
매일
다시 태어나라 하네
봄처럼
기다리며 살라 하네

솔향

국전지에
내 나이쯤 된
노송 한 그루를
이틀에 걸쳐
우람하게
심었다
솔잎이
무성해지자
온 방 안이
솔향으로
가득하다

나는 요즘
산에서도
집에서도
솔향에 취해
산다

홍시

하늘만큼 높은
앙상한 가지에
가을을 닮은
홍시 하나
시가 되어
세월을
노래하며
말갛게
웃고 있다

가을이
씨익 웃고
지나간다
또 한해가
흘러간다
홍시처럼

꽃처럼

웃음이 메마른 세상 바라보며
늘 웃는다
바람에 시달려도
비에 젖어도
속상해도
햇살 한 줌에 감사하고
긍정하며 웃는다

봄을 불러오는
산수유 꽃눈 터지는 소리
골짜기 깨우는
진달래 벙그는 소리
콘크리트 틈새 비집고
기어코 고개 내미는
민들레의 장한 미소
합창하는 꽃 웃음에
새와 나비
산과 들이 박수를 보낸다

꽃을 보고 있노라면
지구 깊은 곳으로부터
창조하신 이의
숨소리가 들린다
꽃은 사람에게 꽃처럼
웃으며 살라 한다
찌푸린 세상 제발
꽃처럼 살라 한다

낙엽

푸르던 잎이
가을바람에
노랗고
빨갛고
형형색색
저만의 색깔로
다시 태어난다
가을은
나의 색깔로
나를 찾는 계절
낙엽을
닮아가는 나는
나의 가을에
무슨 색깔이어야 할까
낙엽으로
생각하나 더해주는
하늘을 바라보며
낙엽길을
가슴으로 걷는다

매미 1

뻐꾸기 울음소리에
여름이 익어가는 오후
먹조산 타고 내려온
초록 바람에 졸고 있는데
문득 창문을 붙잡고
온몸 흔드는
매미 한 마리
무슨 사연이 있기에
저리도 처연할까

땅속에서 7년
세상에 나와 10일
예로부터
오덕(五德)을 갖고 태어나
군자로 살아간다는 너
짧은 일생 너무도 서러운
너의 하소연
내 가슴 열어
장수(長壽) 시대에 순간을 살고 가는
군자의 장한가에 귀 기울여
공명해 주마

매미 2

매미는
땅 밑에서
긴 세월
세상에 나와
짧은 생을
울다가 간다
산속의
매미는
외로워서
울고
도시의
매미는
서러워서 운다
어릴 적 듣던
매미의
노래를
다시
들을 수는 없을까

5월엔

5월엔
나의 푸르던 날
초록빛 꿈을 그린
풍선 하나 곱게
하늘 높이
띄우고 싶다

흔들릴수록 아름다운 추억
고운 이야기
무지개 타고 오르던 꿈
마모되어가는 기억들
동그랗게 담아
초록빛으로 흔들며
오르고 싶다

5월엔
하루만이라도
어린이로 돌아가
고목에서 새싹이 나오듯
세월에 굽은 허리 곧게 펴
하늘 향해 기도하는
푸른 노년이고 싶다

벤치 1

겨울 벤치가 무겁다
추위와 폭설에 무겁고
고독과 기다림에
길게 무겁다

앉았던 이야기들의
빛바랜 흔적
젊은 날의 사랑 노래
아슴한 노을빛 추억
아무도 찾지 않는
겨울 벤치의
초라한 고독은
우주만큼 외롭고
땅만큼 무겁다

매일 한 뼘씩 줄어드는 햇볕
외면한 발길에
얼어붙은 망각
그래도 추억은 늘 살아있고
기다리는 것에는 모두
생명이 있다
겨울 벤치의 고적한 인내를

나의 체온으로
어루만진다

벤치 2

골짜기엔 벌써
여름이 빠져나가는 소리
벤치에 앉아
생각에 잠겨 있는
낙엽 하나
잠시 나의 시간을 멈춘다

똑같이 푸르던 잎이
어쩌면 저리도
노랗게 빨갛게
제 색깔 찾아
저만의 가을을 만들고 있을까
꽃잎은 떨어져야 열매를 맺고
잎은 낙엽이 되어야
제 모습을 보여준다

가을은 나를 찾는 계절
본향을 노래하며 점점
낙엽을 닮아가는 시간
주름살이 아름다운 고목처럼
나는 무슨 색깔로
늙어갈까

이 가을 벤치에 낙엽으로 앉아
지는 해 바라보며
나를 찾는다

벤치 3

허전할 때면
벤치를 찾는다
벤치에는 늘
이야기들이
기다리고 있다
이야기들과
이야기를 나누다 보면
문제가 풀리기도 하고
문제 끼리 기대며
스스로 해결되기도 한다

너그러운 벤치는 늘
가슴을 열고 기다리며
직선의 문제를
곡선으로 풀어 주고 달래주는
아버지의 넓은 등이다

벤치에 앉아
기다림을 배운다

겨울나무 숲

긴긴 겨울
눈보라 모진 바람
겨울나무 숲에 들어서면
검은 외투
겨울나무의 기도 소리가
수도자의 고행처럼
무겁다

동면을 거부하고 봄을 꿈꾸는
기다림의 몸부림
고통을 이겨내는
히브리의 합창
이미 땅속 깊은 곳에서
봄을 퍼 올리는 소리가
겨울을 흔들고 있다

나이를 안으로 쌓으며
무거운 짐
새봄을 준비하는
겨울나무 숲에 들어서면
지구의 움직이는 소리가
묵시록으로 들려온다

계단 길

계단 길을 오른다
한 계단 두 계단
건너뛸 수도 없고
벗어날 수도 없다
땀 흘리고 쉬어가며
풍화된 세월 세며
남은 세월 더욱 간절하게
기도하며 올라간다

무지개 타고 오르던
어릴 적 계단 길
철부지 기억들
삶의 무게에 눌려
발버둥 치던 시절의 추억
계단마다 새기어
생각하며 오른다

하루치의 의미가
더욱 소중해지는 날들
생각이 부딪치는 계단 길을
달팽이처럼 나를 더듬어
공부하며 오른다

계단 길은
발로 배우는 학교다

맨발 걷기 1

맨발로 오솔길을 걷노라면
땅에서
하늘의 소리가 들려온다
굳은살 배긴 발뒤꿈치로
자연의 섭리
생명의 소리를 퍼 올린다
지구 중심까지 육천사백 킬로미터
중심 온도 사천오백 도
불덩이 위를 뒤꿈치로 읽으며
기적으로 걷는다

오붓한 산길
발로 우주를 노크하며
구도자의 손 모아
하늘의 소리를
가슴으로 듣는다
맨발 걷기는
땅과 하늘이 나로 만나는
위대한 행진이다

맨발 걷기 2

맨발로 걸으면
발로 하늘을 숨 쉬면서
자연의 소리를 읽을 수 있고
산의 속삭임
산의 향기
구름, 노을, 바람의 언어를 읽을 수 있다

맨발로 걸으면
노을이 누운 하늘에서
적막의 소리도 들을 수 있고
순례자의 기도로
지구의 숨소리를 들으며
발걸음마다 생각을 모아
땅과 내가 하나가 된다

맨발로 걸으면
내가 산을 기억하듯
산이 나를 기억하며 다가와
세상 찌꺼기 털어내고
발바닥부터 머리끝까지
우주의 기운으로 헹궈 내
새로움으로 태어난다

곡선으로

하나님은 세상을
곡선으로 지으셨는데
사람들은 세상을 직선으로
고집하며 산다
곡선으로 여유롭던 땅을
직선으로 뒤집고
산허리 잘라내어
강줄기 비틀고
느리게 가면 뒤 질세라
지름길로 헐레벌떡
비명으로 달린다

태초 사람도 곡선
에덴동산도 곡선
해와 달 지구도 곡선
곡선은 창조와
생명의 선이다
왜 사람들은 생각하며 살라는
섭리를 흔들어
곡선의 풍요를
직선으로 거부하며
앞다퉈 비극을 향해
뛰어가고 있을까

하늘은 계속 곡선으로
인내하고 있는데

소리 1

소라는
바다에
귀 대고
파도 소리를
듣고
매미는
나무에
귀 대고
땅의 소리를
듣고
나는
땅에
귀 대고
하늘의 소리를
듣는다
살아있는 것에는
늘
세월이
소리로
간절하다

소리 2

깊은 산속
그루터기에 앉아
귀 기울이면
태초의 소리가
가슴으로 들려온다
솔바람 깨어나는 소리
냇물 속삭이는 소리
나무에 물오르는 소리
넝쿨 씨름하는 소리
새들 먹이 나르는 소리
산 넘어 기러기 울음소리
깊은 산속에는
사람의 소리에
쫓겨간 소리들이
한데 모여 살고 있다

멀어져 간
고향의 소리들
사람의 소리를 멈춰야 들리는
소리들이 그리워질 때
나는 귀만 가지고
집을 나선다

소리 3

광화문에 가면
외치는 소리
여의도에 가면
싸우는 소리
세상은 온통
삿대질에 고함
귀 막고도 살 수 없는
생지옥 전쟁터다

잘 살아서 시끄러운 세상
먹을수록 더 먹고 싶고
가질수록 더 갖고 싶고
패거리 아우성에
귀와 가슴은 퇴화하고
입과 눈만 커지고 있다

외쳐대며 사는 세상
들으며 살 순 없을까
손잡고 살 순 없을까
욕심의 하수인 되지 말고
이제 그만
부끄러운 줄 알고

염치 찾아 조용히
세상 끝에서
돌아설 순 없을까

하얀 발자국

눈 쌓인 언덕길을
조심조심 올라갑니다
발자국이 줄지어
따라옵니다
또렷한 내 모습이
숨이 차고 힘들어도
길게 따라옵니다
발자국을 뒤돌아보면
내가 보이고
가쁜 숨소리가
들려옵니다

남은 인생
저 발자국처럼
세상 때 털어내고
하얀 순종
나만의 모습으로 걸었으면
참 좋겠습니다

발자국이
하얗게 기도하며
따라옵니다

출렁다리

발걸음마다 출렁
춤추는 출렁다리에는 늘
가락이 있다
형형색색 한 줄로
심장은 조마조마
이마엔 진땀
엇박자의 질서로
신명 나는 출렁 춤
하늘에선 야호
땅에서는 손뼉
찌든 세상
지친 가슴 활짝
하늘로 출렁
땅으로 출렁
인생은 그렇게
실패도 하고
성공도 하고
출렁대며
흘러가는 것

2부

땅 보고 하늘 보고

가로등 밑을 지날 때면
나도 누군가 비춰주며
살고 싶어진다
뒷골목 가로등처럼

붓을 들고

붓을 들고
나의 시간 속으로 가려면 가끔씩
붓이 나를 데리고
붓이 생각하는 공간을
거닐 때가 있다
붓 따라 생각하고
붓 따라 그림 속을 걷는다

붓을 들고
나의 소리를 잠시 멈추면
새소리, 빗소리, 나뭇잎 소리 때로는
구름 흘러가는 소리도 들려 온다
붓과 손잡고
게으른 시간을 깨워
선현들과 세상 얘기 나누며
알뜰한 시간을 조각한다

붓끝에 이끌려 가는
사색의 공간
붓과 함께 걸으면 외롭지 않아
오늘도 하루해
지는 노을 바라보며

주름살이 아름다운 가을 노래를
붓으로 부른다

전시장에서

오늘은 아파트 서화 전시회 하는 날
붓글씨, 사군자, 부채, 도자기
묵향으로 손잡고
울창한 병풍 앞에 합창하는 날
늦둥이 학동들의 솜씨 자랑 대회

두 달짜리 학생이 심어 낸
무성한 댓잎 엇박자의 조화
허리 굽은 50년 학동의
일필휘지 뛰는 맥박
팔순에 석란 한 뿌리 심고 두 손 번쩍
대견한 얼굴들
세월이 남긴 발자국 뒤돌아보며
오색 옷 아리랑 부채춤에
신명 난다

공자에게 인(仁)을
맹자에게 덕(德)을 배우며
두 손 모아 공감하는 공간
이태백의 술병이 달을 흔들고
두보의 눈물이 고향을 찾는데
비워서 행복한 도연명이

흙을 사색하며
퇴계의 매향에 젖어든다

난향이 유혹하는 계곡
기웃대며 궁금한 눈빛들
세월이 만들어내는 생각이
꽃을 피우며
비우며 사는 대나무 철학을
가슴으로 음미한다

열린 화랑

아라비아 궁전만큼 높은 천정
눈이 편한 대리석
우리 아파트 1단지 로비에는
1분만 멈춰 서면 영혼이 맑아지고
눈이 행복해지는
열린 화랑이 있다
일 년 내내 쉬지 않고
시 따라 새 옷 갈아입고
발걸음을 유혹하는 명소다

자화상 주름살에서 세월을 읽고
추억 속 내 얼굴도 찾는다
한여름에는 눈 덮인 계곡에서
더위를 쫓고
철 따라 맺는 사과도 베어 먹고
감나무 밑에서
입 벌리고 기다려 보기도 하며
가끔 울창한 자작나무 숲을 찾아
사색에 빠질 때도 있다

생각이 깊어지는 공간
사계절이 살고 있어
지날 때마다 궁금한
우리 아파트 열린 화랑
바쁠 때는 뒤돌아보며
눈만 주고 간다

5초의 감동

아내가 듣고 있는 세계사 강의실을
잠깐 엿보았는데
와, 자리 가득 채운
노년의 학동들
휠체어에 앉은 이
꾸부정 벽에 기대어 앉은 이
귀만 뜨고 눈 감은 할아버지
멋쟁이 노인여학생
잊을세라 어두운 눈과 귀 세워
돋보기 쓰고 받아 적는 학동들
인생은 한평생 배우고 생각하고
깨달음인데
역사를 알고 싶은 것만으로도
얼마나 깊은 시간이고
멋진 노년인가

인생이 짧다고 한탄하며
세월을 허송하는 사람들
한편에선 짧아서 소중한 시간
듣고 금방 잊어도 좋으니
오늘 사과나무를 심겠다는
노년의 향기

순간 포착에 감동하며
나는 오늘 5초 동안
50년을 배웠다

생일잔치

오늘은 우리 아파트
생일잔치 하는 날
고깔모자 쓰고 아이처럼
박수치고 즐거운 날

까마아득한 옛 추억
외국에 심어두고 온 고향
이북에서 피난 와서
한평생 낯선 얼굴
세월 따라
친구 되고 형제 되는
새로운 고향

매달 잔치 때마다 봉사하는
협주단의 즐거운 옛 노래
늘 고마운 사람들
나의 살던 고향은 꽃피는 산골
산골엔 고속도로가 뚫리고
고향이 아득하지만
오늘은 어린 시절로 달려가며
노래하는 할아버지, 할머니
모두 모두 천사가 되는 날

지나온 세월 생각하며
새로워지는 시간

인생은 모두 고향으로 가는 과정
서로 등 밀어주고 일으켜 주며
사슴처럼 비비며 함께 가는 길
생일잔칫날은 우리 식당이
작은 천국이 되는 날

먹을 갈며

먹을 간다
내가 남긴 무수한 발자국
욕심을 갈고
미움을 갈고
갈등 부스러기들을 갈아 낸다
가슴 설레며 기다리고 있는
날 세운 붓
새로운 명암으로
무엇을 쓸까
무엇을 그릴까
먹은 온몸으로 기도하고 있다

인생은 흘러가는 것이 아니라
채워가는 것이라는데 오늘은
무엇으로 나를 채울까
넉넉한 여백에
나의 빛깔
나의 향기로 더욱 간절하게
채워가며 살고 싶은데
벌써 송연묵 향기가
세월을 거슬러
피어오르고 있다

가로등

골바람 휑한 뒷골목 가로등
친구는 저만치 둔 채 겨울밤을 지킨다
가난한 발길
수레 끄는 노인
주정뱅이의 신세 한탄
과외 간 아이 걱정
빛으로 지키는 파수꾼
뒷골목 가로등의 손은
늘 따스하다

외투도 안 입고
겨울밤 새워
햇빛이 지키던 자리
숙명처럼 서서
사랑의 빛으로 어루만져 준다
가로등 밑을 지날 때면
나도 누군가 비춰주며
살고 싶어진다
뒷골목 가로등처럼

보행기 세월

가을이 떠날 채비를 하고 있는
고적한 산책길
지는 해 덮고 잠이 든 낙엽 깨우며
구부정 허리
보행기에 기대어
세월을 밀고 간다

먼 하늘 긴 한숨
하루를 길게
굽이굽이 지내온
버거웠던 젊음
풍화된 발자취
고개 들어 하늘 너머 바라보며
하루를 둘둘 말아
밀고 간다

노을은
어둠 속으로 사라지기에
아름다운 것
뜨거운 태양 등에 지고
낙타처럼 걸어온 길
이제 야자나무 그늘 아래
길게 눕고 싶은데…

주름살 깊은 보행기에
샛별 하나 달아주고 싶다

선풍기 사랑

해바라기 닮은 얼굴로
언제나 웃는다
무더위 베고 누워
손끝으로 부르면
곧바로 달려온다
창문을 열어주면
뒷산으로 달려가
솔바람 한 아름 안고 와
내 앞에 내려놓는다
피곤해도 내색 없이
꿀벌처럼 퍼 나른다
집 집마다 닫힌 창문
그러나 우리 집 창은
열려 있다
에어컨은 차가운 눈으로
선풍기를 질투한다
고마운 선풍기
어머니의 자장가 같은 손길
나는 선풍기의
웃는 얼굴 배우며
잠이 든다

자동문

식당 앞
자동문 앞에 섰다
문이
열린다
기다렸다
휠체어에
앉은
할머니가
나오며
고맙다고 웃는다
나도
웃었다
자동문도
자동으로
웃었다
그리고
하늘도
웃었다

거울

거울 속에서 나를 찾는다
주름살, 검버섯
성긴 머리카락
세월 따라 늘어나
박제되어 가는 시간의 흔적들
구겨진 얼굴
깊은 눈 떠 찾는다
창조된 나의 얼굴은
어디 있을까

가슴에 눈을 담고 거울을 보면
나의 마음
나의 생각
하늘이 보이고
하루 천사백사십 분
내 영혼이 더욱
알뜰하고 싶은
오늘을 찾는다

페르소나 가면 벗어버리고
매일 나의 얼굴 찾아
주름살에서 꿈을 찾고
허리 펴 감사하며
초록빛 그림 속에
평안한 얼굴
늙어갈수록
남은 세월이 더욱 알뜰한 미소를
거울 속에
그려 넣고 싶다

허수아비

그냥
창조된 대로 서 있지요
비가 오나
눈이 오나
두 팔 벌려
제 자리 지켜 평생을
서서 살지요
사람들이 오다가다
옷 입혀주고
벙거지에 멋도 부리고
찬 바람 불면 감기 들라 장갑에
팬데믹 땐 마스크도 쓰고
웃음을 선물했지요
사람들은 나보고
영혼이 없고
생각이 없고
허수아비로 산다고 업신여기지만
거짓말 안 하고
속이지 않고
빼앗지 않고
배신 안 하고
평생 빈손으로 빈자리 지켜

내 할 일 다하는 나를
비웃지 마시오
이 세상엔 나만도 못한 인간들이
얼마나 많소

눈사람

길모퉁이
하얀 옷 입고
하얗게 웃으며 서 있다
낮에도 웃고
밤에도 웃는다
아이들 다 집에 돌아가도
밖에서 홀로
밤을 지샌다
지은 대로 제 자리 지켜
인내하며 살다가
흙에서 온 사람들처럼
땅으로 눕는다

인구소멸의 벼랑에 선 이 나라
눈사람에 생기를 불어넣어
생육하고
번성케 할 순 없을까
태초 흙으로 그랬던 것처럼

폭설 일기 1

간밤의 폭설로
산이 몸서리치더니
늦은 아침
하얀 이불 덮고
깊은 잠에 빠져있다
흑과 백의 채색으로
겨울을 이겨 내는
나무들의 무거운 침묵
바람도 눕고
새 소리도 날아가 버린 하늘
검은 눈 감고 잠든
겨울의 숨소리

발걸음 멈춰 귀 기울여
지구를 노크하면 이미
땅속 깊은 곳에선
푸른색으로 채색하고 싶은
하늘의 생각
폭설도 다 계획인 듯
봄을 조련하는 소리가
가슴에 울린다

폭설 일기 2

간밤의 폭설로
깊은 잠에 빠진 등산길에
깊숙이 남긴 고라니 발자국
먹이 찾아
산 넘어온 너
아침에 허기는 채우고 갔는지
폭설을 원망하며 쫓겨갔는지
발자국마다 깊은 한 새기며
어디로 갔을까
갈 수 있을까
고라니에겐 너무 무거운 겨울인데

땅을 흔드는 포클레인 소리
아파트 불빛
도시의 고함에 쫓겨
슬픈 눈 글썽이며
벼랑으로 쫓겨가는 너의 비극이
자신들의 비극인지도 모르는
못난 인간들
폭설 너머
빙하가 쏟아져 내리고
북극곰이 통곡하는데

세상은 앞다퉈
너의 발자국을 허우적
따라가고 있다

폭설 일기 3

눈 위에 깊숙한
나의 발자국
지내온 세월
삶의 마디마다
새겨진 흔적
때 묻은 발자국
검은 발자취
일그러진 생각
하얗게 지우고
정토로 만들고 싶은
뒤돌아보며 오르는
하얀 등산길

설날 아침
폭설이 만든
하얀 길에
발자국이 깊어질수록
생각이 깊어지는
폭설의 의미를
생각하다

아름다운 이유

장미꽃이
여름내 뽐내는 건 옆에
가시가 있기 때문이다
빨간 눈 치켜뜨고
손톱 세워
밤이나 낮이나
숙명을 등에 지고
초병처럼 꽃을
지켜주기 때문이다

검불 같은 세상
시간을 멈춰
장미 넝쿨을 보고 있노라면
일편단심 가시가
자꾸 예뻐진다

아름다운 것에는 다
이유가 있다
장미의 가시처럼

나이테

나무는 나이를 차곡차곡
안으로 채우며 큰다
몸을 지탱하고
비바람 이겨
새 둥지 틀어주고
잎을 내어 그늘 주어
나그네 땀을 식혀준다

벼랑 끝에 매달려도
있는 자리 지켜
물과 햇볕
일용할 양식에 감사하며
철 따라 제 할 일 기억하고
밤마다 나이테로
일기를 쓰며 큰다

헤픈 시간
허공을 헤맬 때
가끔 고목이 되어
나이테를 생각한다
노인이 나잇값 하면
어른이 되지만

못 하면 늙은이가 된다
고목처럼 그렇게
어른으로
늙어가고 싶다

휴대폰 유감

아내는 저만치 있고
하루 스물네 시간 휴대폰과
팔짱 끼고 산다
나의 시간을 먹고 사는 너
밥도 같이 먹고
화장실에도 같이 가고
지하철도 함께 타고
운전할 때도 너만 믿어
세상만사
네가 다 해결해 주니
너 없이는 한시도 살 수 없어
운명처럼 너의
뒷다리 잡고 산다

텅 비어가는 머리
너는 매일 진화하고
나는 퇴화하고
세상은 네가 지배하고 있어
너의 말에 거역할 수가 없지
고맙지만 원망할 때도 있어
너는 너를 너무 과신해
시간을 지배하려면

책임도 져야지
작게 살려고 발버둥 치며
너를 떼어내는 게 너무 힘들어

답이 없는 질문
어떻게 하면 너와 아름답게
멀어질 수 있을까

포장마차

어디로 가는
포장마차인가
아직도
서부에는
개척할
땅이
있나 보다
그런데
말은
어디 가고
마차도
떼어내고
손님들만
희미한 불빛
포장 안에서
밤새워
말(言)을
달리고 있네

시인

소설가(家), 화가,
건축가, 예술가
그런데 왜 시인은
시인(人)이라고 부를까?
아무래도 시인은
시처럼 살라는
무리한 뜻이겠지
'시인, 그 사람들
거짓말을 너무 많이 해'
니체의 경고

나는 시처럼
살 수 있을까
아니다
그래서 시를 쓴다

요지경

어릴 적 갖고 놀던
요지경은
신기하고 재미있고
가르침이 있고
시간 가는 줄 몰랐는데
요즘 요지경은
꼴불견이다
아이들 볼까 겁난다
속이고 잡아떼고
패거리로 삿대질하고
서로 네 탓이요
원칙과 상식은
창고에 누워있고
양심과 도덕은
박물관에 가 있다
다수결의 만능
힘이 정의다
갈 데까지 가보자는
무지와 야만의 비극
TV를 켜면
세상은 지옥이다
실제상황이 되고 만 요지경

이 지옥은
언제쯤 끝나려나

사랑할 준비

우리는 서로
미워할 준비를 하며
살고 있나 보다

출근길 고독한 군중
주말마다 광화문을 흔드는 고함 소리
진화를 거부한
무한갈등의 정치
눈 흘기며 마주 앉은 노사
춤추며 미워하는 선거운동
환자 앞에서 계산기 두드리는 인술
자고 나면 눈 부라리는
욕심의 노예들
저녁 뉴스 시간마다
지옥을 헤맨다

나만을 사랑해 나를 잃어가는
고독한 사람들
지붕 위에 홀로 앉은 새처럼
슬퍼지는 사람들
불행한 나무는
미움을 먹고 큰다

이제 그만
막다른 골목에서 벗어나 우리
사랑할 준비 하며
살 순 없을까

AI 미인

AI 미인이 미인보다
더 예쁘길래
한번 만나 봤더니
머리는 뜨거운데
가슴은 얼음장이고
말씨는 매력적인데
눈빛이 칼끝이고
아는 건 많은데
복잡한 게 흠이고
내가 주눅이 들겠더라

청소 잘하고
밥도 잘 짓고
심부름도 잘하지만
사랑이 뭔지 몰라
아무리 예뻐도
진짜로 알고 반하면
안 되겠더라
제일 큰 문제는
아담과 이브를
모른다는 점이지

어디로 가나

옛날엔 없어도
베풀며
웃고 살았는데
지금은 있어도
더 가지려
아귀다툼이고
배불러
큰소리치고
두 눈 부릅뜨고
패거리로
싸운다
욕심을
등에 지고
팔꿈치 휘저으며
뛰어가는
사람들

다들
어디로 가고 있는지

흙수저 금수저

유리상자 안에서 자란
금수저
흙에서 자란
흙수저
밥 떠먹는데
뭐가 다르냐
흙에서 나온
금수저
흙이 있어
고맙고
금을 품은 흙이
곧 생명이니
얼마나
귀하냐
미다스의 손으로
세상천지
금만 있다면
순간인들
살 수 있겠니
숟가락 모두
귀한 것

키재기로
싸우지들 말거라

색소폰을 불며 1

나는
색소폰으로 꿈을 꾼다
아득한 곡조 흔들어
옛날을 가고
추억을 일으켜 춤도 추고
노을 넘어 별을 좇다가
잠이 들기도 한다
색소폰으로
하루하루가 알뜰한
삶의 의미를 찾고
색소폰으로 우주를 여행하며
일기를 쓴다

그리움을 부르는 소리
외로움을 달래주는 손길
세상을 더 사랑하고 싶은
작은 이야기들
가끔은 지구 밖으로 나가
내가 태어난 까마득한 땅을
그리워하기도 한다
색소폰을 불수록
삶을 더 사랑하게 되고

소리의 자유함으로
나를 일으키고
별을 꿈꾸며
시를 쓴다

색소폰을 불며 2

색소폰을 불 때면
가끔 색소폰이
나를 불 때가 있다
내가 자란
남산기슭 과수원길
평상에 누워
별을 좇다가 잠든
자장가 추억
색소폰으로
세월을 멈춘다

색소폰을 불면 천사처럼
노을 지는 저녁 하늘을
자유함으로 날고
한밤중 별을 흔들어
깨우기도 하고
킬리만자로 설봉에 올라
표범이 그리던
이상향을 찾고
독수리 날개 펴
안데스 고원
황무한 골짜기를

팬플룻으로 넘고
남극 빙하를
달리기도 한다

나는 색소폰으로
나의 시간을
멈추며 산다

배낭의 추억

골방 한구석에
쪼그려 앉아 있는
반세기 훠이 지난 등산배낭
이사 올 때 버리려다
추억은 함부로 버리는 게 아니라고
하소연하길래 데리고 왔는데
아직도 배낭 가득
박제된 추억들
백두에서 한라까지
너와 함께 넘던 산과 산
백두산 천지에서
가슴으로 부르던 애국가
히말라야에서 만난 '신의 경지'
알프스의 눈보라
킬리만자로의 '아프리카 눈물'
남극에 부는 하늘바람 '블리자드'
산을 오를 때마다 감동을 퍼 담았던
너와 나의 운명 같은 추억들
아마 산들도 기억하고 있겠지

세월 지나
나도 늙고 너도 늙고
추억도 늙어가는데
산은 지금도 나를 부르고 있네

하산길

나는 등산길보다
하산길이 좋다
등산길은 힘으로 오르고
하산길은 생각으로 걷는다
사람들은 정상에 올라
두 팔 들고 야호 하지만
나는 하산길 골짜기에서
산을 공부하고
세상 사는 이치를 배운다
오를 때에 무심했던
돌 한 개 풀 한 포기에서
우주의 숨소리를 들으며
창조의 섭리를 생각한다

산행길 60년
보물 같은 추억들
땀으로 오르던 내 인생의 벼랑길을
조심조심 내려가야 할 시간
실패에서 하나씩 배우고
하늘 보며 달려온 길
산마루턱에 앉아
지는 해 바라보며

꼬깃한 철학 하나 꺼내
오늘 하루의 의미를 기도하는
하산길이 나는 좋다

고령 운전

오늘도 조심조심 고령 운전
주눅이 든 손으로
핸들을 잡는다
근심을 잡는다
사고 나면 무조건
고령이 죄가 되고
고령 때문에 뉴스가 되는
기막힌 나라
고령 운전은 고목 같은
긴 싸움이다

이젠 아예
늙은이들 운전하지 말란다
면허증 반납하면 돈도 주고
교통카드도 줄 테니
집에 있든지 아니면
신발 벗고 걸으란다
다리 아프고
핸들 잡고 먹고사는 노인들은 어쩌고
노인의 이동권은 어디 가고

노인 인구 1천만 명
초고령사회에서
노인이 도태되면 교통사고 안 나고
행복한 사회
시원한 나라 될까?
음주, 과속, 난폭
이 나라 교통문화 해결될까?
운전편의, 노인표지에
자율주행, 주차편의,
안전장치까지 해주는 나라도 있는데
고령이니까 운전하지 말라고?
노인이 일해야 먹고사는 나라에서
늙은 다리 부러뜨리지 말고
부축하고 일으켜
함께 가는 세상 될 순 없을까?

고령일수록 사회규범 지키고
솔선수범해야 어른 대접 받고
당당한 노인 되는 법
나이는 믿는 구석이 아닌데
나이에 기대는 생각 버리고
모두가 함께 사는 머리

짜내고 고민하면
주눅 들지 않고 핸들
잡을 수 있을텐데

고령이 죄가 되지 않는 나라
오늘도 기도하며
상자 안에 갇힌 소망으로
핸들을 잡는다

3부

노을빛 언덕에 앉아

세월은 가고
오늘도 하루해가
서쪽 하늘을 넘는데
가을이 내리는 길목
지나간 이정표에 손 흔들며
석양이 아름다운 하늘을 기도하는
당신은 나의
긴 그림자

고독

고독은 나의 친구다
지하철도 같이 타고
뒷산에도 함께 오른다
지칠 때 일으켜 주고
망설일 때 밀어주고
고요한 밤
조각난 생각들 꿰매어
느낌표로 날개를 편다

바람이 휑한 날
외로움이 창밖에 어른거릴 때 고독은
내 손을 잡아준다
고독할 때 내 영혼을 만나고
삶이 간절해지며
가슴속 보석을 만든다

외로움은 혼자 있는 고통이고
고독은 혼자 있는 즐거움이라던가
고독을 데리고 사는 나는
외롭지가 않다

별 꿈

어릴 적 한여름
평상에 누워
별 하나 나 하나 부르며
잠들던 추억
어려울 때마다 역경은
하늘이 준 기회라고
기도해 주고
처진 어깨 밀어주던 별
세월 지나
나는 지금도
별을 꿈꾸며 살고 있지만
별은 하늘 높이
온몸 흔들며
무슨 꿈을
꾸고 있을까
아직도 나를
기억하고 있을까.

은하수에 옹기종기
기대어 사는 수많은 별 들
꿈을 잃은 사람들에게
별 꿈 하나씩
띄워주고 싶은데

마스크 세월

입 틀어막고
숨 막혔던 일상
팬데믹이 지났는데도
마스크를 자주 찾는 건
생활의 관성인가
써야 할 땐 불평하면서
안 써도 되는데도
이브의 잎사귀인가
나도 모르게 마스크 뒤에
숨는 버릇이 있다

모자, 옷차림이 마땅치 않을 때
면도 안 한 날
주름살 감추고
찌그러진 얼굴
지우고 싶을 때
시끄러운 세상
외면하고 싶을 때
하늘이 찌푸리고
눈치가 보일 때
잘못한 일 없는데
마스크도 패션인 양

종종 하얀 벽 뒤에
숨을 때가 있다

죽으며 산다

죽음은 나의 친구
매일 죽으며
그림자처럼
손잡고 산다
미워하다가 친해지고
죽을 때마다 나를 돌아보며
하루의 의미를
죽음에게 묻는다

음미하는 날이 살아있는 날이기에
아침에 일어나면
창문 활짝
소중한 하루
하늘을 마셔
가슴을 헹궈
내 영혼의 공간 만들어
기도하며 산다

잠들 때마다
돌아누운 생각 하나씩 넣어주는
친구의 손을 잡으면
하루의 의미가
더 알뜰해진다
매일
죽으며 산다

그림자 1

그림자와 함께 산다
걸어갈 때도
운동할 때도
생각할 때도
그림자와 함께 산다
내가 무너지면
그림자도 무너지고
그림자가 기뻐하면
나도 기쁘고
그림자가 눈물 흘리면
나도 슬프다
등 밀어주며
그림자와 함께 사는 나는
외롭지가 않다

숨 가쁘게 달려온 시간들
요즘은 내가
그림자의 눈치를 볼 때가 많다
젊었을 때는 그림자가
나를 따라왔지만
이제는 내가 그림자를
따라다닌다

그림자가 근심하지 않게
조심조심
남은 인생 함께
새 그림을 그리며
손잡고 산다

그림자 2

당신은 나의 긴 그림자
바다를 불태우며 하늘로 솟던
남쪽 수평선
아침 해 바라보며
도전하고 싶은 파도에 그린
나의 그림자

물결일 때 기도하고
흔들릴 때 잡아주며
고개 숙일 때 밀어주고
선택을 사랑하여
둘이서 붓을 잡고
반백 년 그려온
긴 그림자

젖먹이 등에 업고 오르던
벼랑에 매달린 달동네 비탈길
고개를 떨구면 태양을 볼 수 없어
허리 펴 하늘을 가리키던
소중했던 시간들

세월은 가고
오늘도 하루해가
서쪽 하늘을 넘는데
가을이 내리는 길목
지나간 이정표에 손 흔들며
석양이 아름다운 하늘을 기도하는
당신은 나의
긴 그림자

늙지 않는 법

친구가
'늙지 않는 법'을
읽으라 하길래
싫다고 했지
늙지 않으려면
늙기 전에
죽는 길뿐이니까

친구에게
'아름답게 늙는 법'을
읽으라고 했지
잘 늙으려면
그 길뿐이니까

노을

오늘도 하루해가
노을 속으로 길게 눕는다
나의 긴 그림자를 읽으며
또 하루를 주심에 감사드린다
늙어갈수록 소중한 시간들
노을이 아름다운 건
사라지기 때문이다
매일 나는 하루만큼
지구에서 멀어지고 있다

노을빛 속에 조심조심
삶의 끝자락을 걸으며
새삼 하루의 의미를
노을 속 깊이 새겨본다
지금까지 걸어온 길 뒤 돌아보고
오늘 평안한 하루를 감사하며
하루씩
노을처럼 늙고 싶다

꿈꾸는 노인

꿈꾸는
노인은
노인이
아니라던가
청춘이 아니어도
좋으니
늙어갈수록
꿈꾸는
노인이고 싶다

두 발로 서는 이유

인간을
두 발로
서게 한 것은
땅만
보지 말고
멀리 보고
하늘 보며
꿈꾸며
살라는
창조주의
뜻인데
나는 지금
네 발로
두리번
땅을
기어가고
있네

숨 쉬는 것은

숨 쉬는 것은
숨 쉴 때마다 하늘을 들이마셔
신령함으로 오장육부를 헹궈내어
아침에 다시 정결한 몸으로 태어나는
새로움의 연습이다

숨 쉬는 것은
하늘이 주신 하루 8만 6천4백 초
숨 쉴 때마다 주님을 기억하고
마른 뱃속에 새 생명 불어넣어
하나님 형상을 다시 찾고 싶은
회복의 기도이다

숨 쉬는 것은
숨 쉴 때마다 내 가슴속 은폐의 공간에
움츠린 부끄러움 털어내고
잠자는 동안에도 믿음이 성장하고 싶은
영혼의 은총이다

숨 쉬는 것은
매일 간절한 목마름으로
나를 새롭게 하고
하나님 지으신 대로 나를 사랑하며
창조의 리듬 안에서
완성되는 작품이고픈
생명의 외침이다

노년의 아침

잠에서 깨어나면 창문을 열고
멀고 먼 태양계 지나
오늘도 나에게 기적처럼 찾아온 하루
하늘을 우러러
섭리에 감동하다

마지막 같은 어둠 뚫고
새벽을 달려온 하늘향기
가슴 펴 하늘만큼 들이마셔
우슬초로 온몸을 씻어내는
정결한 아침이다

밤을 밀어 솟아오른
태양의 힘이
한 줄기 빛으로 뼛속에 스며
실핏줄까지 일으켜 세우는
심장박동으로
날갯짓하고 싶은
감동의 아침이다

찌푸린 세상살이
안달하던 짐 하나씩 내려놓고
새로운 나의 하늘
기적 같은 하루를 짚고 일어서서
두 손 번쩍
감사하는 아침이다

노년의 아침은
감동으로 온다

노년의 향기

젊었을 땐 난 안 늙을 거라고 믿었지
이순(耳順)의 초로가 되면서 난 늙어도
젊게 살 거라고 열심히 뛰었지
종심(從心)이 되면서 세상이 보이고
젊어서 못 한 일 찾으며
나의 유전자로 아름답게 늙겠다고
꿈꾸며 살았지
지금 생각하면 그 십여 년이 인생의
황금기였어

산수(傘壽) 지나고 미수(米壽) 바라보니
나의 존재 자체가 축복이더군
수많은 별 중 아름다운
지구에서 살고 있다는 게 기적이지 뭐야
빈들의 민들레처럼
여름 개미처럼
제 할 일 하면서 살다가
감사하며 떠나는 게 축복이지 뭐야
그래서 백발은 하늘이 내린
'영화의 면류관'이지

살아있는 것 모두는 사라지는 것
꽃이 져야 열매를 맺고
열매가 떨어져야 씨가 자라고
모든 게 섭리 안에 존재하지
축복은 감사하는 이에게만 오는 것
늙는 것 서러워 말고
지금까지 살아온 것 감사하며
매일 새로운 하늘로 채워
아름답게 사라질 준비를 하는 게
노년의 향기 나는 삶이지

감사 일기

아침에 창문을 열면
오늘도 맑은 공기
가슴 활짝 하늘을 마셔
새로움으로 살아있음에
감사하다

따스한 햇볕
솔바람 새소리
일용할 양식
산에 올라
김밥 한 줄
배낭에 매달린 생수 한 병에
새 힘으로
산모퉁이 돌아서면
봉우리는
볼 때마다 예술이고
산자락은
걸을 때마다 시가 되어 새롭다
산에 오를 때에는 늘
생각이 걷는다

그루터기에 걸터앉아
지는 해 바라보며
가슴에 새기는
소중한 하루의 의미
나에게는 감사할 일만 남아 있다
감사하면 모든 것이 아름답다
일상의 은혜에
면역되지 않게 해 달라고 기도하며
감사일기를 쓰며 산다

노년의 행복

오늘도 하루 주심에 감사하다
벌거숭이로 태어나
살면서 붙은 덕지덕지
세상 껍데기
하나씩 떼어내고
노을 너머를 사모하는
가벼운 날갯짓이 행복하다

복잡한 세상 하루하루
단순해지는 행복
공기, 물, 일용할 양식
비교하지 않고
감출 것 없고
뽐낼 것 없이
젊어지는 방법이 아닌
늙는 방법을 생각하며
단순한 평안으로
은혜의 옷 입고
묵상하며 산다는 것이
하늘만큼 고맙다

젊어서는 살기 위해 배우고
늙어서는 죽기 위해 배운다
내 안에 채워야 할 것이 무엇인지
자유함의 공간에서
젊어서 못 한 것 배우고
섭리를 익혀
채우는 것보다 비우는 것이
노년의 행복임을 배운다

행여나

행여나
감동만 하고
변하지 않으며
교훈만 얻고
잊어버리는 과거

습관의 폭력에 시달리는
전통의 노예로
누군가에 의해
모두 버려질
삶의 트로피들
보여주기 위한
공허한 날들

체면의 옷자락으로
죄를 가리며
내 안에
검은 동굴 만들어
화석으로 굳어지는
비극이지 않게 하소서

노년의 기도

하루해가 지나면 먼저
오늘 하루의 의미 곱게 접어
가슴 깊이 간직하여
기억하게 하소서

하루하루 몸은 늙어도
영혼이 노화하지 않게 하시고
세월이 갈수록 익어가는
자유인의 몸짓
세상에 단 하나밖에 없는
나를 살게 하소서

나이테 하나 더할 때마다
지나온 길 감사하며
소망의 눈 들어
내 영혼을 사랑하여
여생이 아닌
인생으로 살며
황혼의 향기가 아름다운
노년이게 하소서

이 세상 사는 동안

내 영혼이
육체를 입어
빈손으로 태어나
7억 번의
심장박동으로
이 세상
사는 동안
하늘을
숨 쉬다가
빈손으로
떠날 때까지
나의 언어
나의 호흡
나의 모습
나의 행동
모두가
기도되게 하시며
이 세상
마지막 숨이
천국에서의
첫 숨이 되도록
매일 매일이

부활절이고
나의 끝이
나의 영원한
시작이게
하소서

노을빛으로 흐르다

김성순 지음

발행처	도서출판 청어
발행인	이영철
영업	이동호
홍보	천성래
기획	육재섭
편집	이설빈
디자인	이수빈	구유림
제작이사	공병한
인쇄	두리터

등록　1999년 5월 3일
　　　(제321-3210000251001999000063호)

1판 1쇄 발행　2025년 6월 20일

주소　서울특별시 서초구 남부순환로 364길 8-15 동일빌딩 2층
대표전화　02-586-0477
팩시밀리　0303-0942-0478
홈페이지　www.chungeobook.com
E-mail　ppi20@hanmail.net

ISBN　979-11-6855-350-7(03810)